Helga M. Novak

Silvatica

Gedichte

Schöffling & Co.

für S. G.

Zweite Auflage 1998

Satz: Reinhard Amann, Aichstetten
Druck & Bindung: Pustet, Regensburg
ISBN 3-89561-112-3

Verwildertsein

Geisterheere

Geisterheere ungezügelte zwölf Nächte
vor Epiphanie Männerbünde unheimlich geheim
abgestiegene irrende Ritter verschrieben
sich den rohesten Daseinsformen im Wald
Exerzitien eines furiosen Heeres
ausgerissene Bäume schwingende Aussteiger
und Urleut gefangen oft mitsamt Haarkleid
sodann mit Eichenblättern beklebt müssen sie
Kettentänze vorführen auf den Märkten
wo sie mit Glut beworfen in Flammen aufgehn
ungebrochen die Wildfangrechte

Wilde Jagd Geisterheere des Nachts
zwölf Nächte sind zwischen Weihnachten
und Epiphanie Wode Helljäger Hackelberg
braust übern Himmel und durch uns durch
Dietrich von Bern und Rodensteiner
jolareidi oskureidi odinsjakt kommt her
ach all ihr toten Jäger
und silvatica lebt noch als wilde wibe
und Artemis lebt noch

wach auf Eustachos

wach auf Eustachos bevor der Tau
in deine Poren dringt bevor die Vögel
warnen
vor dir warnen das Schalenwild
wach auf bevor die Nachtigallen singen
bevor zwischen Himmel und Erde rote Naht
einen hellen Morgen verkündet

wach auf Eustachos reiß die Lider hoch
bevor der Fluß sich auswringt und Nebelschwaden
die Wiesen überquellen
hör auf Eustachos zu träumen in der Nacht
ich ziehe wieder los die Fallen untersuchen
höre sie schon zuspringen mit einem Knall
wach auf Eustachos geh dem Wind entgegen
am Feldrand setz dich nieder und Geduld
wo ein Tier verhofft wirst du einstechen
später unter Bäumen ruhen wir uns aus

schlaf ein Eustachos wenn der Tag
die von deinen Füßen gebrochenen Halme
und Gräser erwärmt und aufstellt
ich gehe jetzt die Eisen ausräumen

bei der Quelle hole ich den Otter raus
der hat genug Forellen geschunden

Placidus

Placidus – Namensvetter des ersteren
jenes Mörders von Tabor und Gadara –
vom Roß gefallen und unter Schock
grad legte er Hand an – den Geweihten
seinem Grauen Jäger schnell anheimzugeben
da hat der Hirß den römischen Feldherrn
bezwungen mit einem Kreuz
strahlend zwischen den Stangen
die Kohorte findet höchste Zeit
einzuschreiten vor der Erleuchtung
und dem Warlord fällt eine Kugel
mitten ins letzte Wort
Placidus – Deckname Eustachos –
fühlt Herzklappe und Ohrentrompete reißen

zieht einer querfeldein

zieht einer querfeldein kein Weg
den er nicht meidet seine Spuren
mitten durch Niederung und Bachlauf
Schluchten hinauf ohne Serpentinen
zieht einer querfeldein als gäbe
es nur eine Richtung die des Winds
niemand und nichts tritt ihm ins Gehege

zieht einer querfeldein verschmiert
ungewaschen und unrasiert denn Tiere
wittern schnell ein sauberes Kleid
Kugeln wärmen sich auf in der Jacke
Tümpel und Wurzelteller durchschritten
so zieht einer immerzu querfeldein
die Augen deuten auf gerechte Zeichen
und seine Handlangerin trabt hinterher

vorsichtig Wind nehmen

vorsichtig Wind nehmen bei der Äsung
und der Hofjagd entgegen fürstliches Vergnügen
hoher Funktionäre Absolutismus hat langen Atem
geschlossene Reviere Sperrgebiete
Extraschonung für die staatliche Meute
die haben Hochwild in Massen gestreckt grüne Waffenröcke
Geweihe sauber abgeschlagen die Haken ausgeschnitten
Trophäen Trophäen
das Wildbret nicht verludern lassen
Ministerien haben große Küchen

der Wildbeuter untergräbt jeden Zaun
erzielt ein Reh einen Hasen eine Wildente
kein Schweißhund kein Laufhund
Büchse und gestellte Fallen
Mundraub keine Trophäen
und nicht ins Bockshorn jagen lassen
Landvolk hat viele Münder

keine Fluchten mehr

keine Fluchten mehr zu den Bucheckern
niederliegt der ganze Wildsprung
einer davon zeigt Rosenstöcke
schweißrote Kreise im Haferfeld
welch ein Sterbelager in der Frühe
so wurde Strecke zum Rummelplatz
ein Karussell aus Blut am andern
ach unser niedriges Waidwerken
das hohe Vergnügen gilt dem Gehörn
wir betreiben einen Essenerwerb
jene schlagen ab
wir aber schlagen aus der Decke
verbrennen den Kopf

viel bleibt uns nicht erpart
die Hunde enteilen ihren Züchtern
und bellen den Stein an
diesen erratischen Block
auf einer goldenen Ebene aus Sand
nicht mir dem Rudel wird gepfiffen
eine Sonnenuhr ist jeder Findling für sich

sonntags

der sonntägliche Strich
mit Büchse Flinte Schießgewehr
ein Hase rollt zusammen
der bronzene Hahn
bleibt im Neuschnee liegen
Schüsse brechen ins Niederwild
zehn eiserne Pfannen zischen
große Sattheit am Sonntag
selbst die Katzen gehen aus dem Leim
wo Federn und Haare fliegen
ein Singen beim Ausweiden
ein Abbalgen auf allen Höfen
Rupfen und Häuten in allen Küchen
statt Kirchgang diese Ernte
im gottgeschenkten Revier
Schnapsbrennen ist auch verboten

Weltuntergang

wenn des Elias Blut auf die Erde tropft
entbrennen die Berge kein Baum bleibt stehen
wo in der Ebene die Wasser versiegen
das Moor verschwindet ganz
die Lohe schlägt gegen den Himmel
der Mond fällt herunter die Erde verglüht
kein Stein bleibt stehen ein Straftag fährt
ins Land mit Feuer lebendiges Fleisch zu suchen
»da kann ein Mann nicht
dem Manne helfen vom Muspilli«
wenn breiter Wrasen alles überwärmt
wenn Feuer und Luft alles hinwegfegen
wo bleibt dann der Feldrand
drum der stritt mit seinen Vettern
der Feldrand ist hinüber
die Seele schreit darüber
sie bedecke sich mit Asche
sonst verfällt sie der Strafe

dies ist kein Sport

dies ist kein Sport und nichts
zum Lachen keine ballernde
Passion mit Horn und Halali
hier werden keine Stangen gewienert
keine Kronen und Enden gezählt
kein Hund verbellt die Schnepfen
stummes Lesen von Tritt und Geläuf
Sohlen- Zehen- Spitzengänger
zeichnen ihr Alter in den Schnee
Schonzeit ist nur für Nichteßbare

kein Wetter hält den Wilderer in Schach
Federwisch Wollmäuse am Himmel
blutigrot und Messerwehen da oben
ein rauschendes Fliehen
Atlanten über uns Mappen Karten aus Luft
erste Blüten hier im letzten Schnee
Eiswinde Erstickungstode
Windwurf und überall Fallgruben
der Freie Tierfang zum Frevel erklärt
die Jagd wird aufgehn immer wieder
denn Liebe hat keine Schonzeit

vom Wild reden

vom Wild reden und einem Wildtöter
von der Heide Birken und Kiefernkulturen
den Abbau ignorieren und den Verfall
ungnädig den Widersinn die Angst wegstecken
ohne Hoffnung letzte Gerüche einheimsen
Raubfische essen und badengehen ohne Scheu

nie war dem Schützen Freiheit gegeben
die Wildbahnen eingekesselt an den grünen
Hüten leuchten Plaketten im Rohr
unsere Laubgesichter unter Wasser
stehender Fisch und Schlick am Grund
des Nachts dann große Fröste die brechen
dem Schilf auch die Beine schwarzes Eis

kreisrunde Bahn

kreisrunde Bahn aus Schweiß im reifen Feld
ein Tier hat gezeichnet und spielt im Roggen Karussell
es dreht sich dreht sich auf dem Halm
heiles Herz Getreide wischt die Lichter aus
frühe Stille Eustachos sucht seine Beute
entzückendes blitzendes Messer die Heimholung
leis unterbrochen vor Tag im gelbseidenen Roggen
das Tier steht auf rauscht und geht bachwärts ab
Herz unversehrt die Stirne aufgeschlagen
ich – dein Verlorenbringer – durchforste die Auwälder

Friedfische

nackte Stämme mit Löchern vom Specht
seitdem das Laub gefallen
sehen die Erlen so angeschossen aus

Kopfweiden schwarze Häupter
säumen kahl rasiert den Bach
ich weiß schon wen die beweinen

Friedfische mit Strom erschlagen
der Kescher aus Draht ist ihr Totenbett
dann in die rauchende Tonne hängen

der lange Hecht entkommt
dem Elektroschock
mit Windungen hochepileptischer Art

der Schweifende

der Schweifende der Flüchtige
dem jeder Baum aus Kimme und Korn besteht
der lautlos Schleichende ohne Schuh
der Laufende Springende mit dem Frischling
unterm Arm dem Kitz auf der Schulter
der Singende Tanzende Saufende
der nachdem er ausgeweidet alles gerecht
verteilt hat das Wildpret und selber
ein schlichtes Stück Kuchen verschlingt
der krumme geduckte Fährtenleser
der sich nicht umblickt und hört alles
bloß den Forstbeamten nicht den staatlichen
der selber ein geübter Jäger ist
und ist ein schweifender schleichender
Fährtenleser in Stiefeln und mit Diplom

wo die Wilderer

wo die Wilderer aus lauter Liebe Mützen nähen
aus roten und weißen Füchsen
wo sie Rehleder gerben und zu Westen schneiden
haarige Strümpfe aufbaun und Fäustlinge
wo kein Mangel an Schnürsenkeln ist
und alles riecht nach Haugout und die Diwane
sind weich und wollig belegt
und die luftigen Holzwände ausgekleidet
und Gamsfladen die Ellenbogen der Pullover
und die Knie der Cordhosen geflickt
wo die wilden Felle aneinandergestückelt
den Sonntagsschlitten ausfüllen ledern
der Hahn wird schlank und reitet ab
bevor sein Federschmuck auf meiner Krempe landet

eine Eule

eine Eule mit gefiederten Ohren
eingefahren in den Schwanenhals
gefrorene Tränen kurze Eiszapfen
ihre Schenkelchen zerbrochen
von einem eisernen Gebiß
asio otus verschleierte Todesbotin
hat noch Gewölle ausgespien zuletzt
keine Bettelrufe mehr schieh schieh
im Horst in der Erle keine Nachkommen
Eustachos trägt seine Beute weg
um sie zu essen wie die Griechen?
um sie zu präparieren
und an die Wand zu stellen?
oder ihre Füße als Amulett am Hals?
Herz zermahlen als Zauber?
daß Eulen weinen können und trotzdem
ihre Verheißung erfüllen Eustachos' Tage
gezählt von einer Goldgefiederten
»die Unreine« frei nach 3 Moses 11–16/17
ans Hoftor genagelt gegen Dämonen
die Eule – Hieroglyphe für das M –
ringt noch im Tode mit dem Blitz

Nacht

das Mankei hält Winterschlaf und setzt
Schmalz an um nach seinem Tode
uns einzureiben gegen vielerlei Brand
Schweiß gefriert auf Stirn und Wange
unsre Augen kleben zu und reißen
Schnee bricht mit den Ästen ab
die Frische ist ein bißchen offen
wo wir am Kreuzwechsel lauschen bei Mond
ein Heuhaufen rennt über die Brache
winters tut der Rückstoß nicht so weh
beschirmt getarnt mit Tannengrün
rutschiges Stroh in den Stiefeln
die Finger überm Feuer ohne Rauch
schwarzes Bier trinken mit Salz
denn Kaffee läßt so schnell nach
und die ganze Zeit über Bonbons
anstatt mal eine Zigarette zu paffen

die Hubschrauber kreisen

die Hubschrauber kreisen über deinem Haupt
Eustachos dein Unglück kommt von oben
auch ohne Bekehrung ist dein sozialer Tod
beschlossene Sache selbst die Forsteleven
haben sich aufgestellt zur Riegeljagd
versenke die Patronen schieb die Läufe
in die blitzerprobten Weiden mach Feuer an
für unsre geschnitzten Buchenkolben
wohin mit dem Nachtglas? gib her auch
die Zielfernrohre ich werde sie vergraben
irgendwo und kratz dir inzwischen das Blau
von Schulter und Schlüsselbein mit der Feile
nur nicht weglaufen bleib unter der Linde
leg das Beil hin und laß rufen wer will
ach daß die Eleven finden eine Sauenrotte
und den Helikoptern brechen eilig die Kufen

Besuch in Uniformen

Gestampfe Getrampel Besuch in Uniformen
herbeigerollt auf Schneeketten gleich
im halben Dutzend einfallende Herren
fragen nicht lange gehn auf die Suche
nach einem eisernen Rohr gezogen oder gedreht
kramen nach Schloß und Kolben finden Papier
fegen die ungereimten Zeilen beiseite kippen
Sessel und Sofa um sechs Mann hoch
draußen ein bauchiger Wagen mein Geliebter
schlägt die Augen nieder der hat mich verpetzt
haben ihn antanzen lassen da hat er gesungen
ich mache eine Pistole aus meiner Hand
mein Zielauge ist das linke
und nicke ihm zu damit er getröstet ist
kopfschüttelnd über was das sein kann – Liebe
haben ihn aufgestöbert im hohen Holz
und fast zu Tode geforkelt trotz seiner leeren
Hände
jetzt soll ich ihnen die Schulter zeigen
das rechte Schlüsselbein da ist kein blauer Fleck
ist alles links bei mir

Galgenfalle

Galgenfalle die wippende Schlinge daneben
er wartet ohne Feuerstelle und verschluckt
seinen reifen Atem wo Bäume zerreißen
was schlägt an was heult was schnürt vorbei
der Bach wird schlank in weißen Rändern
Eustachos hängt bei minus 30 Grad dem Wolf
ein Luder in die Eiche tiefgefroren
seine Mutter braucht eine neue Jacke

Winter ist

Winter ist wenn die Sauentreiber
einbrechen und stehend im Fluß
verbleiben Winter ist ein Staunen
im Gefilde und reißendes Holz
Winter ist schwarzes Gräserwehen
und Stille in den gläsernen Auen
Höhlenzeit Tiergebrüll tauende Pelze
Winter ist Schlaf und Daunenflug

Winter sind Rosen im Garten unter Schnee
grüne Nägel zerstochene Decke
Igel keine aber weiße Hasen
die fängt Eustachos mit Schlingen
hängen sie ihn stirbt er
mit vollem Bauch
wenigstens mit vollem Bauch

der große Wurf

der große Wurf hat uns zurückgeworfen
die Katastrophe in die Flucht gejagt
der Landstrich hier ist keine Nische
sondern eine letzte Chance
Steinzeit und Televisor Holzfeuer und Brot
so gerade war noch kein Weg zum Friedhof hin
die Wintermänner fällen Holz mit alten Sägen

Duelle

Eustachos

Eustachos oftmals angeschossen ist abgegangen
verkleidet geistert er als Deserteur durch die Mark
eine umzäunte Staatsjagd ist sein Revier
Eustachos kommt aus den unterirdischen Kasernen
ist einer der Freunde aus Grodno oder Minsk
hoffnungsvoll überlastet der Wald mit Schalenwild
– überfüllt wie jedes andere Ghetto –

für die befreundete Truppe unter den Wurzeln
täglich warmes Essen in Kübeln vom ›Panzerschießgarten‹
herüber ab und zu mal eine Treibjagd angesagt
die Jäger wechselten aus ihrem eigenen Ghetto in dieses
für die Nomenklatura motorisierter Wechsel von einem
Ghetto ins andere die Strecke ist üppig vorgezeichnet

bei Aufbruch der Freunde mit Paketen nach Hause
hat Eustachos sich nochmal tiefer eingegraben
in die hoffnungsvoll überbelebte Staatsjagd
um vorerst als Deserteur zu überleben abwartend
Gewehre Patronen Konservendosen Fußlappen Stiefelzeug
gesteppte Winterhosen in Karos wattierte Jacken Mützen
noch liegt vieles herum was er brauchen würde
Unterstand Aufstand Einstand nächtlich zum Anstand
– Hauptsache stehen – zu essen läuft genug herum

die Jäger sind abgeblasen
die Staatsjagd ist offen

der Panzerschießgarten
seine Kantinen und Kübel
liegen darnieder
na was soll schon werden
Eustachos begegnet einer Frau

auf dich habe ich gewartet

auf dich habe ich gerade gewartet
mein pripjatinisches Abenteuer
ein Vierteljahrhundert war ich regel-
recht gespannt auf dich und nun
weiß ich vor Schreck nicht was ich
dazu sagen soll so abenteuerlich
hat mir noch keiner den Weg verstellt
dunkel und auf der Pirsch und gesetzlos
wie die Förster und Jäger behaupten
denen ich natürlich kein Gehör schenke
jetzt bist du aus Fleisch und Blut
Knochen und noch irgendwas aber was
einer der silberne Böschungen macht
mit Forellen der Tiere hinstreckt
auf Lichtungen und Stangen verscharrt
einer in weichen Schuhen und Jacke
gebläht weil links der Lauf und rechts
der Kolben und allerlei Kugeln versteckt
mit aufgestellten Ohren und auf dem Sprung
habe ich auf dich gewartet du Wildbeuter
ein Fossil wie der letzte Jäger

schwarze Galle

die Otterin fährt ins Wasser
die Marder holzen fort
Auerhahn ist Großer Hahn
Fasanenhahn ist Grauer Hahn
beide entgehen dem Strich

das Schmaltier macht drei Fluchten nach links
und der Geweihte mit dem Kreuz
zwischen den Stangen
trieb mir einen ungläubigen Eustachos entgegen

die Jäger mit Stutzen und Meute hinter ihm her
gegen die Wildbeuter verschworen
der lebt mir was vor
und ich lasse mich kirren

die schwarze Galle reitet ihn wieder
Eustachos kniet und bittet um Gnade
schon legt er Hand an sich
jetzt ist einzuschreiten höchste Zeit
und eine Kugel
fällt ihm ins letzte Wort

ein Wolf

ein Wolf braucht frische Luft
Windstille kann er nicht leiden
kein Rudel mag ihn mehr
so hellgrau ist sein Fell ganz und gar
wie deins und seine schrägen Augen
hast du auch bloß seine hundert
Kilometer pro Tag machst du ihm nicht nach
ich gebe dir meine schönsten Kleider
um den Wolf zu fangen in einer Lappstatt
Nachtgejaid bei Mond in den Waldungen
bald schlafen auch wir in einer Wolfsgrube
mit drehbarem Deckel in der alten Witterung

wer will euch schon noch essen ihr Stromer
ausm weißrussischen Wald Wolfsklage auch
als hätte den Menschen keiner das Fell über
die Ohren gezogen
die Kopfhaarlosen noch und noch
wollen Mützen

ich bin dein Spiegel

mein Anrainer ich bin dein Spiegel
dich hat ein Korbflechter gemacht
du hast keinen Leib sondern einen Körper
Sehnen und schlecht gefüttert
an dir hatte auch ein Glockengießer
die Hände mit im Spiel deine Herz-
töne verlocken zum Lieder singen
und es klingelt in deinem Mund
wenn die Zunge anschlägt am Gaumen
möcht keine Frau aus deiner Rippe sein
aber du stehst auf meiner weißen Liste

Hahn im Korb

ich habe schon gedacht die lange Weile
zwischen hohen Steinhäusern wird
mich totschlagen bin wieder ausgezogen
auf der Suche nach irgendwas
mal reingeschaut bei den Korbflechterinnen
da saß wer
da saß einer im größten Korb
im chinesischen Horoskop ein Hahn
im europäischen ein Schütze
ich war mal 'ne Jungfrau
du und ich
wir sind Frühaufsteher
Nachtgejaid

wilder Mann

zu Tode erschrocken im Fichtenbestand
bei Dämmerung verstört von deinen Eiden
heißhungrig beschämt und voll Angst
vor den Beschwörungen die meine Kehle
runterfließen wie Öl wie roter Wein
bin unter Fichten wie Butter in der Sonne

warum nicht dieser Schlinge diesem Eisen
mich aussetzen oder dem Saulock folgen
den Geläufen den Schalen den Krallen
warum nicht mich in die Deckung schlagen
die Losung entziffern die Wechsel im Grund
oder deine lautlosen Schritte belauern
warum nicht deinen zielstrebigen Händen
mich anheimgeben deinen Augen wie Wegwarte
warum nicht mich niederstrecken vor Knall und Fall

deine gerechten Fährtenzeichen

deine gerechten Fährtenzeichen die Zweige
von deinen Schultern gebogen abgestreift
das niedergelegte Gras unter deinen Füßen

wo ist der Geweihte wo das hauende Schwein
wo sind Auerhahn und wilder Gänserich
wo ist der weiße hochbeinige Wolf
jemand hat mir einen alten Bock verraten
seinen Platz in der Dickung den Pfad zum Gewässer
noch vor dem ersten Büchsenlicht bin ich draußen
geduckt und atemlos ihn belauernd mit den Augen
die Erde prüfend hier weiß ich was eine Losung
wert sein kann wenn man sie liest

Brust an Brust mit dir daß keine Kugel zwischenpaßt
ist lange her daß ich ein Schmaltier gewesen bin
dies Beben jetzt ist eine Altersliebe schönes Zittern

zu trauen

der tempelartige Buchenhain
graue Säulen im weißen Fundament
Winter im Osten
unsere Abendmahlzeit
unser beider Tisch beladen
für dich und dein Dutzend
wie du uns alle versorgst und sattmachst
wie ich die Brote aufteile
und dich anhimmle und dabei denke
Verrat ist menschlich und immer parat
und du sagst im selben Augenblick lachend
– ich nehme kein Geld
für nichts von niemandem –

was ich auch teile mit dir

was ich auch teile mit dir
das Herz lasse ich links liegen
da beiße ich auf Eisen
kannst du nicht woanders treffen?
in die Lebern zum Beispiel?
nein die schmecken dir zu gut
ganz ohne Salz aber mit Wein
du sagst Ein Schuß müsse genügen
und der gerät immer ins Herz?

Blatt vorm Mund

wie es mich schüttelt
schlecht bezähmt will ich
dir das Glas vom Gesicht reißen
den Mund dir stopfen
aus dem die Lockrufe dringen Blatten
und Kollern und Röhren und alle Tiere
fallen drauf rein rundherum
tauchen Bastgehörne auf und strömen
herzu und du rufst und das Hoch-
und Nieder- und Hasenwild nähert
sich dir und das Haarwild und das Raub-
wild und das Dammwild geht in die Falle
kann keiner so mit Federwild reden
wie du daß sie gespreizt herabsegeln
vor deinen Lippen sind die Tauben imstand
sich selber zu rupfen
so wie ich diesen Winter

Bewölkung

die Bewölkung erklärt zwei Verwilderte
kein Himmelan und nie ist Klarheit
nichts verzeiht was ich Liebe nenne
Bilder von dir und mir alltäglich
neu bemalt mit Kunstfarben und Lack
Gedankenspiele Haut so kunterbunte
das Fenster ist dran zerbrochen die Tür
benebelt alles es stiemt von Schwanenflaum
unfaßbare Daunen bekleben unsere Münder

du hast mir verboten vor dem Wind zu gehen
mit dir zu reden hast du mir untersagt
die Tiere nicht zu warnen nicht zu schrecken
sobald gezeichnet von deiner Hand
liegend auf der Decke im roten Lungenschweiß
ich schnüre hinter dir her in deinen Spuren
Fuß vor Fuß wie ein Freitag meinen Blick
auf deine regen Schulterblätter geheftet

gehen wir kirren

gehen wir kirren gehen wir locken
legen dem Rotwild gährende Äpfel hin
streuen wir Mais und Rüben und Heu
die Felder sind leer und die Wiesen
also Haufen Melasse von Sirup ausgelegt
Topinambur dem Schwarzwild gebracht
und Kartoffeln dem Marder viel Ei
gehen wir kirren gehen wir locken
der Fuchs hat gern Knochen mit Fleisch
die letzten Möhren sind für den Hasen
die Kaninchen versorgen sich alleine
gefüllt sind bald unsere Wintertöpfe
und im Regal stehen Feist und Mark
vom Geweihten und in unsern Schuhen
liegen Fellstücke vom Dachs

keine Wärme kein Feuer

hab dich letzthin aller Wärme beraubt
das Feuer vergessen immer nachlegen
den Brei nicht gekocht immer rühren
die eisigen Brotscheiben nicht geröstet
den Ruß nicht vom Topf gekratzt
immer bloß nachlegen rühren und scheuern
der Kaffegrund ist angebrannt die Milch
davongelaufen der Rest ist sehr dunkel
alsdann das Feuer einfach vergessen
die stille Wattejacke nicht angewärmt
ihre Steppnähte sind kaputt immer nähen
die Patronen nicht getrocknet Stiefel
und Fußlappen triefen nur so vor Nässe
die Fenster sind ein weißer Rosengarten
das Feuer ist aus hab nicht nachgelegt
denn das Bett war letzthin kalt geblieben

zu Füßen der Öfen
die Glutlöcher in den Dielen
der Boden jetztnun kalt und gefleckt
wie die Hyäne die aus heißen
Landstrichen heraufgezogen kam
gefrorener Sand um die Ofenklappen
Makel aus Asche und Ruß
weiße Sternbilder schwarze
nichts brennt mehr

baut er mir ein Haus

Eustachos geht auf die Nerven
jetzt baut er mir ein Haus
was ich nicht brauche
jetzt baut er mir ein Dach
was ich nicht möchte
jetzt baut er mir ein Zimmer
zum Schreiben zum Bleiben
ich will aber nicht
jetzt legt er sich mir zu Füßen
daß ich so ratlos bin
und schlafe alleine unter
meinem Dach in meinem Haus
denn er will ohne mich gehen
einstechen eben

Ruhe bis zum Büchsenlicht

die Nacht eines Wilderers ist kurz
bleib sage ich und wiege dich in Kissen
Holzscheite noch in den Ofen
wo mein Tisch mit den Büchern steht
ich schreibe mich während du schläfst
in deine Seele rein und stehle dich dabei
aus meinem Herzen raus stehle ich dich
in deinem Schlaf bis zum Büchsenlicht ist Ruhe
und dir ist wohl beim Knistern meiner Papiere
bald muß ich dich wecken und wenn du gehst
schreibe ich alles nochmal ab mit Geklapper
dies Jahr wird es bestimmt nicht zweimal geben

dies ist der Fluß

dies ist der Fluß vom letzten September
dies war mal der Fluß im September
als du ihm zwanzig Forellen entrissen
die haben wir in die alte Tonne gehängt
haben Feuer gemacht aus Wacholder und Laub
haben uns flach daneben ins Gras gelegt
damit uns der Rauch nicht die Augen verbrennt

dies war auch der Fluß durch den der Bock geronnen
du hast ihn verfehlt und stattdessen
uns zwei wilde Enten vom Himmel geholt
die sind uns gebraten ins Maul geflogen
und daß uns der Bauch nicht platzt
haben wir uns mit der Füllung auf die Bank geworfen

dies ist unser Fluß im Dezember hartgefroren
im Schnee jetzt die Geläufe wie Ketten
aufgereihte Kreuze von Huhn und Haselwild
und jenes dort die Pfotenspur einer freien Katze
laß die Kugel stecken wir haben noch Teile
vom hauenden Schwein laß den Fuchs dessen Schnur
das Gewässer ziert

bin zu alt

Enthaltsamkeit bevor ich losziehe
um anzulegen einzustechen
wartend im Gesträuch verborgen
breitseitig ein Schmaltier in grauer Decke
knabbert den wilden Thymian an und zieht
weiter schon zu den samenlosen Gräsern
Enthaltsamkeit im Winter um ein Fuchsfell
rotglühend wenn die Sonne untergeht um fünf
Enthaltsamkeit bei Tage und des Nachts
denn Liebe kommt dem Jagen nicht zugute

hab keine sieben Jahre mehr
für eine neue Jungfernhaut
kann nicht mehr warten
bin zu alt komm her

abgeriegelt sein Revier

schon abgeriegelt sein Revier
Wildermann macht große Sprünge
kahler Schädel grauer Bart
sieh die Treiberkette kommen
Wildermann hat mich verführt
rennt jetzt um sein bißchen Leben
wenn das Sternenrudel zeichnet
werden ihn die Jäger fangen
Wildermann und Zitadelle
das paßt schlecht zusammen

im Schnee viel Kreuzstichmuster

im Schnee viel Kreuzstichmuster
unser beider Decke über Nacht bestickt
von den Geläufen der Rebhühner
Rosetten auch die sind vom Hasenfuß
mit Tellern Schüsseln und Schalen
haben die Tiere gedeckt ballenweit
die Krähen legten uns Gabeln hin
auf dem Tisch aus Gräsern ein Strauß
komm laß alles stehen und liegen
die Treibjäger stoßen ins Horn

Winterlicht auf dem Wasser bei Nacht
unter Eis diese grünen Halme
aufrecht stehend wie Stolzgeborene
wir überfliegen den satten Mond
auf eisernen Kufen und das Leuchten
meines verbrämten Mantelsaums
zur Zeit unser gerechtes Verschwinden
mit gekreuzten Läufen unterm Kinn

Duell

der Wald steht hinter unserm Bett
und hält eine Lichtung
bereit für das Duell zweier Kugeln
Zielfernrohre brauchen wir nicht
erkennen einander bei jeder Beleuchtung
schreitend die Distanz abmessen
Meter für Meter unsere erste Entfernung
und zum ersten Mal betrügen
wir einander nicht kein Sekundant
kein Zeuge nur du und ich im Wald
bitte nicht in die Beine schießen

letzte Wildheit

unsere letzte Wildheit geht zu Ende
viel Wein viel Tränen fließen mit
dies Ästerauschen ist wie Flügelschlagen
noch bin ich unbeobachtet im Wald
sitze nochmal am verschilften Weiher
mein Entenstrich Arm und Brust gespannt
die Motorsägen kommen näher
kein Wunder geschieht dem der Bäume fällt
wie Rauch im Wind vergehen unsere Warnungen

Artemisleben

dieser Wald

dieser Wald Traum meiner Kinderjahre unentwegtes Gehen
Erfüllung und Erinnerung Wald so zerschossen und
gerupft dieser Wald und kein anderer meine
wiederkehrende Deckung zärtlicher Schutz erlösendes
Untertauchen laufend einhaltend schlafend und zerstochen
auffahre ich und weiter und rein immer tiefer
dieser Wald so laut und verschwiegen so wärmend
und kühl so belebte Stille ich schnüre und schleiche
und pirsche und trample in jeden ausgeleerten Bau
wie ein Stamm verharre ich in diesem Wald als hätten
viele ihre Enden an mir blank gefegt ziehe ich unverletzt
weiter schlurfe durch bronzenes Laub streife die
rotgoldenen Stämme reiße weiße Rinden ab sie mir
um die Waden zu wickeln wie Birkibeinar dieser Wald
und kein anderer reicht bis nach Sibirien die echte
Ostwesttangente grüne Brücke kahle Brücke weiche
mit Schwingen und Nadeln
mein Obdach und meine Verwilderung
dieser Wald setzt mich in Brand schon knistert
meine Haut ich laufe herum wie das Echo vom Feuerstoß
dieser Wald in dem ich nie alleine bin mit meiner
heilsamen Einsamkeit dieser Wald aus Jagen und Revieren
der sich hinzieht wie alte Liebe und streichelt
die gefurchte Stirn mein Heim und dauerndes Versteck

wo ich jetzt bin

wo ich jetzt bin ist meine Kindheit gewesen auf dem
Sander – zwischen Urstromtal und Endmoräne hier hat die
Erde ein dickes Fell – aus Sand
ausgerüstet mit einem falschen Paß und meinem echten
Lachen habe ich mein Gesicht wiedergefunden
hier versickert jede Tränenflut hat die Eiszeit sich aus-
geweint

Streusandbüchse löscht alles aus und die Menschen
Gedanken wie ein Sieb
Geschichte des beharrten Nashorns in tausenden von Jahren
begraben die stolzen Ulanen neben den nichtswürdigen
Siegern ich stehe auf einem Grabfeld aus französischen
Knochen

vergleichbar dem alten Mazedonien dreigeteilt auf diesem
kargen Sand Kiefern Wacholder Kartoffeln soviele Pläne
entfaltet zerronnen nunmehr überzogen von Nadelbetten und
den Metastasen der Rotkappen die auch Kosaken heißen
Warmzeit – solange der Nordpol es nicht auf die Spitze treibt
dickfellig
wird man uns ausstellen als Saurier 50 t schwer sowas ist
über die Erde gelaufen und versunken neben dem dickfelligen
Nashorn als das Pferd die Größe eines deutschen Schäferhundes
hatte

allgemeiner Gefügezusammenbruch übriggeblieben der lieb-
reizende Schachtelhalm in den Schonungen und wir die
Großform vor dem Untergang noch hüte ich mein verlorenes
zurückerobertes Gesicht und lerne meinen neuesten
Namen auswendig

gehe nie wieder weg

bleibe ich gehe nie wieder weg setze mich fest
pflanze mich ein schlage Wurzeln lege Vorräte an für lange
für immer viel Zeit habe ich nicht mehr will aufhören zu
wandern mich herumzutreiben verstehe sowieso nicht was mich
umgetrieben hat wollte alles sehen habe niemanden mehr und
nichts geglaubt immer dessen bewußt welcher optischen Täu-
schungen ja allerhand Sinnestäuschungen ich unterliegen
könnte dennoch fahren gehen ziehen zu Wasser mich treiben
lassen an allen Küsten daß mir die Augen übergegangen sind
wozu denn und wozu Archäologie gelesen Geologie
auf der Suche nach einer Landschaft nach Pflanzen Gerüchen
die Ränder der ersten und letzten Vereisung abgegrast Ur-
stromtäler ausgemacht und entlanggezogen stets von West
nach Ost beherrscht von der eigenen Sprache geredet in tau-
send Zungen allerorten Lager aufgeschlagen mich eingerichtet
gepflanzt gesät und dauerndes Verharren angekündigt um als-
bald und ohne großen Abschied mich zu verziehen egal in
welche Richtung bloß weg und woanders dasselbe lächerlich
daß ich mich mitnehme weiß ich

bleibe ich und weiche nur noch äußerer Gewalt

bin beschadet

bin beschadet und verbissen worden
gekappt und angebrochen und entwurzelt
die Schonung ist zu Ende
Wollmäuse am Himmel
Atlanten über mir
Mappen Karten aus Luft
ein rauschendes Fliehen
Gewölle tropft auf mich
bin beschadet meine Triebe
verbissen worden gekappt
angebrochen und entwurzelt
entnadelt und entlaubt
ganz zugeneigt der Erde
bin ich kahl und entwirrt
kopfunten lese ich keine
Atlanten mehr kein Stern
durchdringt das Gewölle
biete dem Heckenjäger keinen
Schutz mehr Leibstrafen
haben mich jüngst ereilt
eine Treibjagd mit Feuer
käme mir entgegen heute

goldenes Vlies immer wieder

goldenes Vlies immer wieder
wer sagt daß es sich um einen Schafpelz handelt
dazu wurde es später zur Silbernen Zeit
uns war es lange der fließende Honig
breiter aufleuchtender Strom einen Baumstamm herab
als noch niemand seinen Vater kannte
und wir die Bienenkönigin verehrten als
Goldene Göttin und das Gold floß aus Baumhöhlen
ein anderes nutzte uns wenig große
Labsal war der Honig und bärenstark

wer weiß schon wie lange
es sich um einen Schafpelz handelt
lange zuvor war uns der Bernstein das Goldene Vlies
der lag unterm Sand ein rotleuchtendes Glimmen
erhärteter Fluß mit Zungen

wo der Honig floß bin ich zu Hause
weiß noch die Verstecke
die leeren Waben trocknen nun in der Sonne
es hat sich ausgeschwärmt

das Goldene Vlies war ein schwarzes
das die Regenmacher trugen

chinesischer Tiger

Kunst in Form vollendeter Züchtungen
Zuchtperlen und Bonsai-Anlagen
Frauenfüße wie Gänse-Eier
in weißen Söckchen
ein Mahl aus geschnetzelten
Affen oder Schlangen
der Fisch in seiner Schüssel quicklebendig
                          und silberfarben
»Die sinnlich wahrnehmbaren Linien«
sagt Protagoras »sind nicht von derselben Art
wie diejenigen, von denen der Geometer redet.«

nur weiter am laufenden Frühlingsbande
ein Spaziergang nach Syracus ist nichts dagegen
und los daß wir uns anlehnen an die längste
Theke der Welt – 170 m lang
im Kirschblütenland ach und die alten Seiten-
trawler – importiert aus Island – verrosten
im Hafen von Shanghai dort wo die längste Theke
der Welt gestanden hat
eifrstanne schenr geliptr?

und steigt wieder auf der Falter
Puppen zu planen und Verwicklungen
und sieht da unter sich –

reitet jemand einen Tiger aus Zement
den er mit Sonnenblumen beklebt hat
und schwarzen Gräsern

ein jedes soll seine Farbe tragen

schnell raus aus den zwingenden Ketten
auf die Walze und auf den Weg nach Haithabu
ein schneeweißes Alttier mit roten Augen
nie ein Kalb geführt vor den Rudeln geflohen
– die Ricke – ein Eremit und gemieden
wegen der bleichen Decke mitten im Grün
das farblose Haarkleid unheilig befrachtet
Albino sein ohne Tarnung ist ein Fluch
zu nichts zu gebrauchen
als Modell zu stehen
einem wandernden Dichter

Albino sein – sagt Artemis: ist Unglück
eine Ricke mit roten Augen und flüchtig
das weiße Haarkleid nichts als Verrat
Artemis bereitet ein Seebegräbnis dem Tier
und sagt: die Weisheit des Alters
ist eine Erfindung der Alten und:
ein jedes soll seine Farbe tragen
wer keine hat ist dem Tode geweiht

sie weinen bloß

das Inlett gefüllt mit Daunen vom Schwan
Sinnbild für Wollust und Poesie
der ständige Begleiter der Artemis
sein Flügelschlagen wie knallende Laken
und der Schlafenden schwant Gutes heut
obgleich er den Tod vorhersagen würde

Schwäne singen übrigens nicht
sie weinen bloß
wenn sie nicht mehr zuschlagen können
mit ihren Hälsen

trauert der Schwan

einem Schwan kam die Gefährtin abhanden
ich sah ihren Kadaver weißaufleuchtend
auf dem Fluß in morschen Ästen verfangen
seine Trauer jagt ihn an Land
niedergebogen den Hals durchstreift
er das Dickicht aus Binsen so wird
aus einem Schwimmer ein trostloser Wanderer
er begleitet die Tote das Ufer entlang
was vermochte die beiden zu trennen
und was verbietet ihm
das vereinte Gewässer mit ihr zu teilen
ist sie in jene Falle geraten
die man Schwanenhals nennt
warum eilt er nicht einer anderen
lebendigen Partnerin zu begegnen
es ist Mai und sie sind alle vergeben

gebrochenes Herz

gebrochenes Herz gebrochenes Holz
ist alles zu Windbruch gegangen
das Meer steigt aus seinem tiefen Bett
und wird uns Pilze Beeren versalzen
heimleuchtet uns der Phosphorsumpf
ausgebrannt giftige Batterien
steigendes Meer wie es sich verschluckt
an Schrottbergen

kein Pelzwerk wird sein gegen die Nässe
dem was kommt ist keine Lärche gewachsen
vielleicht wird Bernstein aus unserm Wald
wer wird ihn sammeln wer wird ihn tragen
was wir jetzt nicht schießen das Getier
ersäuft einst und erstickt im Morast
komm laß uns Pfahlbauten Hochstände bauen
Plattformen um den Untergang zu besichtigen
unsere Fangschüsse beim letzten Büchsenlicht

wie erschlagen

wie erschlagen von der Hetze wundgestoßen
arg zersplittert sind meine Schalen
kein Bugstall mehr kein Faden und kein Reif
getroffen bin ich flüchtig abgegangen
und ohne Nachsuche gelaufen in die Irre
das Unterholz hat meine Decke zerrissen
wo ich jetzt bin kommt keiner mehr vorbei
habe gezeichnet und mache die letzten Gänge
zu spät noch einen Fangschuß zu erbitten von dir
Die Wilde Jagd ist eine Wilde Ehe
mein Warten auf den großen grauen Jäger

wessen Branke

wessen Branke ist vorige Nacht hier gebrochen
vor meinem Haus die Neue durchsetzt mit Rot
Schweiß vor meiner Tür in Fladen und Placken
was ist da vielleicht verendet hinterm Stall
so groß ist keines Marders Huhn mit soviel Röte
wer hat eingestochen wer gezeichnet und ist geflohn
nicht Spritzer vor meiner Tür sondern Lachen
ich mache doch bei wenig Stimmen die Fenster auf
sind gar keine normalen Trittsiegel da nur Pfützen
welch eine stumme Ankunft und Umkehr aus Schaum

die Rumtreiberin

die Rumtreiberin hat ihre Lauerhütte
verlassen zieht Leine und hängt Netze auf
mit Federn getarnte und extragrüne Lappen
rund um ihren Jagen flattert das Blendzeug
bis sie selber verblendet geblendet
einer Meute auf den Leim gegangen ist

vielbrüstige ephesische Artemis
ein Bellen schlägt um in Heulen
statt bergan gehts auf den Baum
Haaropfer als Zeichen der Hingabe
rüstige Gans mit Flügeln von Gänsen
die Locken der Männer stets
lose verflochten verwehen des Morgens
Herrin der Tiere
hütet ihre Viecher allein

Artemis

Artemis zieht mit den Treiberinnen
die Hasen lehren was ein Panier ist
Artemis läßt sich huldigen
und lehrt die Frauen was ein Opfer ist
Artemis hat Flügel an den Beinen
und lehrt die Mägde was Freiheit ist
Artemis liegt im Weidengürtel bei Tage
und lernt bei Nacht was Einsamkeit ist

konserviert

dann zog sie im Seidenkleid im extragrünen
durch den Roggen der wie Fegefeuer ihre Achseln streifte
trat auf die Brache und sah eine hasenfüßige Meute
springen und sah dich hinterherhumpeln denn
sie hatte nächtens auf dich gefeuert dein Fernbleiben
dein Meutern deinen Verrat wirst du teuer bezahlen
denn sie wird dich ausstopfen mit Salz und Heu
und in die Ecke stellen seht den Wildbeuter
gezähmt mit gläsernen Augen aus Lapislazuli
und schön trocken
– Schluß mit der ewigen Meuterei –
Umtriebe in Staubfänger verwandelt
die Lappstatt ist offen

derartig hat D. Rache geübt und ist alsbald
von Reue zerfressen weitergezogen in ihrem
Fähnchen einem andern Jäger entgegen

Orgie allein

Artemis' Orgie allein Wermuth Artemesia
die wütende Gebärde beim Wasserpumpen
wie Papier die Geliebten zerreißen wie Seide
Artemis ist ein Tier
ohne Enthaltsamkeit ist kein Wildjagen
der ganze freie offene Wald ein Kloster
nie auf den Knien im Stehen hier anlegen
immer die Meute WIR sind niemals du und ich
besser alleine gehen ansprechen einstechen
und wegschleppen die Beute

trunken und beflügelt

trunken und beflügelt losgezogen
in die Weite der Kleiderfalten verwirrt
noch froh übern Teich geschwommen
Reiherfalle und in Bann geschlagen
Hals und Bein gebrochen am Feldrain
das Getreide preußischblau verwoben
Mohn Lerchenschlag und Notschreie
unter den Sturzflügen des Habichts
Unfug und Müßiggang ohne Ende

der Jungfuchs der mein Geflügel zehntet
auf seinem Paß schnürt er davon
der im Schrothagel rollierende
gesprengte Meister im roten Kleid
sehr weit ist er nicht gekommen
reizen locken kirren quäken mäuseln
bis seine Spur ausgegangen
er stand mir zu

August

August voller Hornissen
bei Nacht stürzen sie sich
in wolkigen Formationen
auf jedes Licht
tagsüber geh ich ihre Nester
suchen sie haben den Fuß
der Birke unterhöhlt da trinken
sie Haarwasser süßer Saft
dringt in ihre Waben
ein himmlischer Ballon
unter meiner alten Birke
schon steht sie im gelben Rauch
wollen noch sehn ob ich meine Quarkwindeln
wasche abends oder umkomme vor Angst

Sommerzeit

Sommerzeit
die Hähne schrein zur selben Zeit
Winterzeit
die Sauen schrein zur selben Zeit
ach es ist alles zuschanden
die Freiheit die ich habe
ist keine
ich werde verrückt
weil ich es bin
und ich werde rasend
von meinen Rasereien
ach es ist alles zuschanden
Sommerzeit
ich werde den Mund nochmal vollnehmen
Winterzeit
den Mund voller Sand
warum entdeckt denn keiner
die Schönheit meines Verfalls?

Melancholie

Melancholie   schöne Stellung
paß bloß auf daß dich keiner sieht
wie du in Szene sitzt am Ufer
eines flüsternden Gewässers dort
Melancholie   Erinnerungslose
sieh zu daß du keinem ins Auge
fällst daß niemand dir in den Ohren
liegt deine geistlose Abwesenheit
stört und dich zunichte macht
Melancholie   flüchtige Erlösung
selbstvergessen durch alles durch-
blickend am gekräuselten Seeufer
so dich einer sieht bist du dahin
der Widerhall in eines Menschen
Antlitz bricht dir die Flügel gleich
Melancholie   gnädige Trösterin

Gastmahl

zu einem Gastmahl hat der Wald geladen
Rehkeule mit Wachholder Pilze auch
Holunder Himbeer Brombeer Preiselbeeren
Löwenzahn und Sauerampfer als Salat

zu einem Gastmahl hat der Fluß geladen
Forellen Hechte Karpfen wilde Enten
das Inlett gefüllt mit Daunen vom Schwan
ich gebärde mich als sei die Natur noch genießbar

der Pilzfreund

wie Morgenröte flach über die Sandwege schlendert
und die Ränder vergoldet
wie der Specht in die Borke haut
wie der Pilzfreund von der vereinbarten Route abweicht
sich in der Schonung verbirgt und nichts verlautet
wie der Pilzfreund im Heidekraut wühlt
wie der kühle Morgen sich in den heißen Mittag verwandelt
wie der Pilzfreund auf der Suche nach Birken in den Sumpf gerät
wie da keine Rotkappen stehn sondern schwarzes Wasser
unter toten Wurzeln Blasen schlägt
wie der Pilzfreund mit dem Stocke Fliegenpilze kappt
wie es schwelt
wie der Flächenbrand sich ertränkt in den Wiesen
wie der Nebel steigt und unterm Himmel hängt
wie der Pilzfreund das gelbe Gras niedertritt
wie er um die Sandkuhle schlurft
wie er zwischen Kiefern und Buchen die Kurve nimmt
wie der Regen von vorgestern aus seinen Schuhen
rinnt und die Spuren verdunkelt
wie die Mittagssonne mir heimleuchtet und der Pilzfreund
durch den Ginster hampelt und ein Lied anstimmt

wie in den Nadelbetten am Rande der Schonung
die Maronen funkeln und der Pilzfreund
mit dem Messerchen nach fetten Butterpilzen schnappt
wie der Pilzfreund das versengte Gras niedertritt
wie jeden Birkenstamm ein Trampelpfad umringt
wie die Hexenringe um die Erlen tanzen in Zweierreihen

Martin

Herbst und gefiedertes Abendlied
nicht alle Vögel hauen ab nach Süden
Martin legt kurz die Pellerine weg
die Schere dazu und geht an den Braten
draußen hupt ein Lieferwagen hält an
Männer in Pelzen betreten die Küche
wollen Federn kaufen von den Gänsen

noch hängt ein Apfel im Baum
der letzte braun und gefroren
noch schwirrt am Fenster auf und ab
die Brotfliege und überlebt
noch steht ein Birkenpilz
und zeigt die ehemalige Birke an
noch ging der Bär nicht schlafen

Winteräpfel

erschlagen im Garten der Apfelbaum
Sturm gegen einen ungezogenen Riesen
die gelben Früchte haben ausgetrommelt
kleine zurückgebliebene aber süße
Bälle die flogen und hüpften so herum
niedergestreckt nun die verwirrten Äste
Gelb zu Gelb beflügelt ein Wespenmahl

der Apfel im Ofen geht auf
letztes Glühen
Wohlgeruch hat Lippen verführt
so heiß und weich
und Blasen schlagen aus
wütendes Schreien
Eva hat späte Rache geübt
mit der Winterfrucht
das Paradies wird ihres bleiben
da sie den Ofen anfacht

unreines Haus

der Schnee befällt mein unreines Haus
Nest an Nest so an die zwanzig Wespenkugeln
hängen wie japanische Lampen unterm Dach
daneben eine dunkle Kette Fledermäuse
wie lang ist im Winter die Nacht
die Dämmerungen liegen weit auseinander
der Schnee befällt mein knisternes Haus
irgendwo pfeift es herein und ein Glühen
unter den springenden Hasenkeulen im Herd
die Quecksilbersäulen fallen auf die Knie
ich ziehe der Pumpe einen Mantel an
aus Heu und mache ihr einen Gürtel aus Draht

unter Brüdern

Aufschneider in einer kalten Küche
Strom und Haare ausgefallen
keine Kerzen kein Gas keine Batterien
kein Mais kein Aufschnitt kein Brot
Schneewetter schön zum Erfrieren
ein Wehen Toben Wallen Treiben
hinterm Haus im Rosenhag sammelt
der Vater juckende Früchte hart und rot
der Sturm vergeht und hell wie am Tage
wird bei Schnee die Nacht
im Buchenschlag ist es einfach
zum Erfrieren schön Sternlichter
los Bruder auf ein Wort nach draußen
wollen einander in die Augen sehn
kleine Kriege im Unbewohnbaren
darauf haben sie direkt gewartet
Debatten ein Wort ums andere
und dauernd Verrat Verräter Verrat
so viel offizielle Mordbuben
überlebt um sich dann gegenüber zu stehn
als Ehrabschneider Halsabschneider
Bauchaufschneider als Aufschneider eben
bis einer sich auf dem anderen sielt
und jeder sein Leben aushaucht
der Vater montiert inzwischen
im Rosengesträuch drahtige Hasenschlingen
er gerät in den Buchenschlag

und sieht sich die Bescherung an
Söhne vom Teufel geritten
warum darum um einen Löffelstiel
wer viel fragt wird nix verstehen
hinterm Rosenhag wars zum Erfrieren
schön unter Brüdern es hat
bei den Schneewehen keiner gut abgeschnitten

auf Sand gebaut

diese Bäume
haben auf Sand gebaut
sind nicht mehr zu retten
halten noch eine Weile zusammen
werden nicht überdauern
sind schon privatisiert
geben noch Zunder her
sind dem Windbruch ergeben
streben noch himmelan
weinen gelbe Tränen
haben bald ausgedient
streicheln einander noch
haben viel Liebe erfahren
werfen noch Schnee ab
bevor die Hinterwäldler
sie brummend absägen

Überfall

der winters tote Ameisenhügel
was treiben sie eigentlich bei Frost
wird unversehens ausgegraben
aufgeschlagen zerstäubt zerwühlt
von einem alten verrückten kollernden
Hahn ein Hahn der mit Ameisen ringt
Ameisenhügel winters überfallen

zum Erfrieren schön

dies Wetter ist zum Erfrieren schön
ein Toben Zischen Pfeifen unterm Dach
jetzt sind die Lampen ausgefallen also
die Kerzen her wo ist das Feuerzeug

muß meinen Tee alleine trinken diese Nacht
bei solchem Sturm kommt keiner mehr
wo sind die Stiefel wo die Taschenlampe
ich will noch aus dem Hause gehn bei diesem
Wetter zum Erfrieren schön

vieles wächst

vieles wächst im ausgefallenen Winter
in der weichen Nebelbahn von Nord nach Süd
Schwertlilien Türkenmohn verwirrt versonnen
laufe ich herum links das Azorenhoch
rechterhand das russische die weißen Fröste
die Bäume Stauden schlagen nächtlich aus
solche wie Clematis haben schon Blätter
eine senkrechte warme Zone mitten durch
Mitteleuropa versetzt mich bei Jahres Anfang
in Furcht zittern macht mich die Vorfreude
möchte die Aberwitzigen unter Reisig zuhauf
begraben – nun wächst nichts mehr – sagen
die Frauen im Laden und betrachten mich schon
tadelnd wegen unterlassener Hilfeleistung

Abenteuer am Abend

warum nicht die Lebtage krönen mit einem Abenteuer
mit Schlinge Fußangel Entkommen oder Eigentor
warum nicht blind den verlockenden Duftnoten folgen
warum nicht Breschen schlagen in jegliche Dickung
warum nicht einer vergessenen Sprache sich bedienen
deren Meidungsgebote deren Themata deren Gebrauch
der Vergangenheit angehören ohne Wiederkehr
warum nicht Keile austeilen mit der Keule vom Keiler
warum nicht in die Suhle sich fallen lassen die wärmt
warum nicht zielklaren Händen sich hingeben in Liebe
warum nicht die Lebtage krönen
mit dem Abenteuer des Alterns

zerfallen

nach meinem Tod die Seele
von der ich nicht weiß
wo sie sich augenblicklich befindet
(ich habe sie noch nie gesehen)
wohin sollte sie sich wenden wohin
wenn ich sterbe wenn ich umfalle
daß mein Herz aufhört zu schlagen
ist gewiß auch daß es zu Erde wird
wieviel Herzen habe ich pochen hören
Seelen keine und ich wünsche niemand
erlitte die Qual eine Art Herberge
meiner Seele später zu werden solche
Strafe hat wirklich keiner verdient
mein Herz aber wird zerfallen schade

Inhalt

Verwildertsein

Duelle

Artemisleben